베옷 한 벌

베옷 한 벌

베옷 한 벌

베옷 한 벌

베옷 한 벌

시아시인선 **016**

베옷 한 벌
이영월 시집

초판인쇄일 | 2021년 10월 25일
초판발행일 | 2021년 10월 30일

지은이 | 이영월
펴낸이 | 김명수
펴낸곳 | 도서출판 시아북(詩芽Book)

출판등록 | 2018년 3월 30일
주소 | 대전광역시 동구 선화로214번길 21(3F)
전화 | (042) 254-9966, 226-9966
팩스 | (042) 221-3545
E-mail | daegyo9966@hanmail.net

값 10,000원

ISBN 979-11-91108-21-7

* 저자와의 협의에 의해 인지를 생략합니다
* 잘못된 책은 바꿔드립니다
* 이 책은 서산시인협회 후원으로 발간되었습니다

베옷 한 벌

이영월 시집

시아북
시아북BOOK

가슴속 별 하나 심어주고 가버린 사람이여
슬픔 거두어간 사람이여
사랑 안겨주고 떠난 사람이여

새털처럼 가볍게 날아간 사람이여
걱정 근심 아픔 고통 짊어지고 간 사람이여
편안히 영면永眠 하소서
편안히 잠드소서

가슴 한 복판 별 하나
영원히 가지고 갈 나의 사랑이여!

2021. 9. 26. 초가을

당신의 아내 **이영월**

제2부

제3부

제4부

제1부

베옷 한 벌

갈 때 가더라도
옷 한 벌 지어 입고 가려고
베틀에 앉았다

궁둥이가 들썩들썩
아직도 멀었나 보다
이생의 길 아직도 남았나 보다

베틀에 앉아 가만히 생각하니
옷 한 벌 걸치지 않고 태어났는데
갈 때 베옷이 뭔 소용이랴
이조차 욕심이었나 보다

또 하나의 가족

모두 떠났다
남편도
자식도
홀로 남았다

7년 전 봄이를 입양하였다
남편의 선견지명先見之明이 있었나보다

할아버지 안락의자에
봄이*가 앉아
일거수일투족 지켜보고 있다

* 반려견 이름

요양원 남편

추억은 머리로 먹고
음식은 눈으로 먹고
맛은 혀로 느낀다

생각하고 먹고 마시고
감각은 아직 살아 있다

밥에서 죽으로
죽에서 추억으로
점점 무뎌져 간다

면회 가는 날

생일 두 번째 되도록
가족 밥상 외면하였다
홀로이고 싶었다

남편 떠나보내고
목구멍 밥알 넣는 것만도
죄스러웠다

무슨 재미로 살아야하나
무슨 염치로 살아야하나
앞이 보이지 않았다

따로따로 국밥처럼
가족 함께 하지 못하고
늘 외로웠다

오늘은 아들 며느리 앞세워 면회 간다
버팀목이었던 남편 대신

자식들이 소나무처럼 든든하다
기대고 싶다

용기

점점 멀어져간다
대화가 단절되고 내 말만 한다

듣고 싶은 이야기만 들리고
찌꺼기 채에 걸러내듯
쓸모없는 쓰레기라 여기며 놓아 버린다

담을 그릇이 없어
밥이 되는 내 말만 용기에 담는다
내가 살아가는 방법이다

하이힐

그녀가 걷는 길
꼭꼭 점찍어 남겨둘
하이힐이 있다

넘어질까 꼿꼿이 서서
한발 한발 짚어갈
그대의 지팡이
하이힐이 있다

원점

첫 단추 끼워 옷 입었다
첫발 디뎌 걸음마 배웠다
문자 만지며 지식 쌓았다

첫 단추 끼워 바른생활 배웠듯이
첫발 내밀어 홀로서기 배웠듯이
활자 속 살아가는 세상사 읽었듯이

인간의 한계 시험하며
초월한 후에서야
비로소 원점으로 돌아가는 인생사 알았다

사돈이 생겼어요

6년 귀향살이 했던 제주도
하루 벌어 하루 버텨내던 삶
그나마 식당을 하였으니
밥 굶는 일은 없었다

꼬깃꼬깃 모아둔 돈
얼마만큼 모아지면
눈 여겨둔 골동품 한 점 살까
삼십 대 내 삶을 엮어 모아둔 소장품들

대물림할 주인 찾았으니
이별할 때가 되었구나
민속유물 수집가 이종희 관장님
우리갤러리*에 시집 보냈으니
이제 우리는 영원한 사돈지간입니다

* 충남 예산에 있는 민속유물 박물관

남편을 보쌈하고 싶다

만날 때마다 보쌈하여 집으로 안고 오는 꿈 꾼다

자신이 없어 터덜터덜 신발 끌며 되돌아온다

위로

살며시 다가와
귓속말로 '참 잘 살았노라'라는
깨소금 맛 같은
그 말
한 마디
참으로 고소했지요

이대로 돌이 된다 하더라도
눈 감을 수 있을 것 같아
행복의 나라로 갈 수 있을 것 같아
모두 놓고 떠날 수 있다 생각했지요

세상에서 가장 따뜻한 위로를 당신에게서 받았더랬지요

말 잘 듣는 노인

하고 싶은 것 하도 많아
밤을 낮으로 살았습니다
뒤떨어진 지각생
도전이라는 목걸이 하나 매달고
단내나게 살았습니다

놓쳐버린 청소년기로 돌아가
반듯하게 펴놓으려 정열을 불태웠고
바람은 훈풍으로 등 떠밀어 주었습니다
노장의 울부짖음은
열매를 맺어주었습니다

건강하게 편히 쉬어 가라 일러줍니다
가진 것도 놓고 가라 눈치 줍니다
어질러 놓은 가지들 정리하라 재촉합니다
자연의 순리 따라
말 잘 듣는 노인이고 싶습니다

기억이 점점 쇠퇴해 갑니다
無로 돌아가는 길목
놓아야 할 때가 왔습니다
평생 싸 놓은 오물들을 정리하는 시간입니다
슬픈 것이 아니라
참으로 행복한 시간입니다

기회

기회는 줄이다

기회는 순간이다

바라던 기회가 내게로 온다면

자석처럼 찰싹 달라붙으리라

기회는 한 번뿐인 것

그러나 기회는 인내라는 것

아내는 버팀목

오래 살고 볼 일이다
나무 한 그루
늘 사내로만 보였다

아버지가 그러하였고
오빠 또한 그러하였고
남편 역시 그러하였고
이웃의 가장까지도
나무로 보였다

매미 나무에 납작 업혀
베짱이처럼 시도 때도 없이
노래만 부르고 살았다
안아 달라 보채는 덩치 큰 아이
날개만 퍼득이면 되는 줄 알았다

그 누구처럼 늘 푸른 언덕에
나무가 기댈 수 있는
버팀목으로 서 있고 싶다

붉은 낙엽

유년은 부모님 안에서 솜사탕처럼 부풀어 오르는 꿈만
꾸었죠

자아가 형성되고 난 뒤 스스로 알아가며 오롯이 내
몫이 되었죠

이해 부족으로 늦되는 아이 펄 속 더듬어 돌인지 조개
인지 꺼내보고서야 비로소 알아차리는 아이

어른이 되어서도 한발 늦은 아이

의문투성이 풀어내는 수수께끼 같은 삶 긴장의 긴 여정
잘도 견디었다 안아 주고 싶어요

돌아보니 여기까지 가족이 버티고 서 있었습니다

때마다 나를 이끌어준 멘토가 있습니다

그리고 이웃이 있었습니다

한번 부리면 놓을 줄 모르는 욕심으로 살았습니다

욕심이 날 뿌리치고 저만치 달아나 버렸습니다

나는 가진 것 다 놓은 자연인이 되었습니다

욕심을 놓으니 하수구처럼 막혔던 체증이 뚫렸습니다

바람이 날 안고 갈 한 장의 붉은 낙엽이 되어버렸습니다

사람도 충전한다

새벽 2시에 눈을 떴다
하루 충전한 양이 다 닳아 기력이 떨어졌는지
눈이 침침하여 도무지 글자가 흩어져 따로 논다

뒤돌아보며 써 내려간
인생신화 일구어낸 '천 냥 인생신화'에 푹 빠졌다

눈이 흐릿해져 잘 보이지 않는다
다시 몸과 눈을 충전하여
맑은 정신으로 단숨에 읽어 내려갔다
질긴 고기 씹듯 꼭꼭 씹어 목젖으로 넘겼다

전화 한 통의 위안으로
세상을 다 얻었다 행복했는데
위로받기보다 위로해주는 사람 되고 싶다

큰 눈에서 쉴 새 없이 쏟아지는 눈물 훔치며
대화하던 그 모습 잊을 수가 없다
진정 그 눈물은 세상 사람들에게

다듬으며 인생길 걸어가라는 경고의 메시지처럼 보였다
평생 디딤돌로 밟고 살아갈 것이다

버려야 얻어진다

한꺼번에 두 가지 다 얻을 수 없다는
법칙에 항복한 후
한 가지는 뚝심 있게 이루었지만
건강은 잃었다

건강을 잃으면 모든 것을 잃는다는 말
귀에 꼬무락지 달리듯 시끄러웠다
인간의 한계라며 난 내 길을 걸었다

후회하지 않는다
아직도 남은 길을 걷는다
어르고 달래며 견뎌달라 이른다
혼을 다해 살았으므로

기적

기적이란 놈은
그냥 찾아오는 것이 아니다

번뜩 떠오르는 찰나와 만나
세모와 네모를 비틀어
동그라미가 될 때까지

모나지 않게 지구 한 바퀴 돌 듯
훈련을 거쳐 이루어낸 선물이다

귀환

눈도 코도 없는 것이
손과 발도 없는 것이
형체도 없는 것이
빛보다 빠르게 지나간다

생이별이라 이름 지어
다 늦은 노년에
가야 할 곳이라며 보낸 요양원

믿었던 아내로부터 발등 찍혔다고 생각했겠지
달콤한 입술로 넘어가
쓰디쓴 약초를 삼키는 기분이 들었겠지

사랑하는 이여, 약속 지키리다
요양하다가 좋아지면
반드시 집으로 돌아오리라는 희망
잃지 말고 정신 바짝 차립시다

희망을 꿈꾸면 이루어진다는 진리

당신의 길,

내가 안내하리라

꼭 집으로 모셔오리라

살기 위해 먹는다

마음 내려놓는다는 것은
어마어마한 변화가 일어난다
할 수 없다 금 그어 놓고
선을 지켰다

난 할 수 없다가 아니라
난 할 수 있다로 바뀌니
살아갈 의미가 생겼다

부서져도 좋으리
할 수만 있다면야

자동차처럼 사람도
부속 갈아 끼우며
새 힘을 받아 충전한다

살기 위해 먹는 밥은 소태였다
힘내 주는 밥은 보약이다

입맛이 살아났다

아직 끝나지 않은 임무가 남아 있기에

살아야 할 이유이다

어머니의 품

유년시절 고무줄놀이 생각난다
까까머리 사내가 느닷없이 나타나
고무줄을 끊어놓았지
양쪽에서 줄 잡고 있던 요조숙녀
새총 맞고 눈이 퉁퉁 부었었지

고무줄 바지만 입고 사는 요즘
고무줄 치마만 즐겨 입는 나는
배로 늘리고 줄이며
헐렁한 노년에 접어들었다

유년의 추억 소환해 불러내고
늘렸다 좁혔다
끊어지고 이어지는
지혜를 주었으니
고무줄은 나의 어머니 품이 아니고 무엇이랴

제2부

희망

- 늘빛한글문자조형박물관에서

희망이 발 달려 저만치 걸어왔다

끊어질 듯 실처럼
질긴 운명의 뒤뜰

꺼져가는 등불처럼
흔들리는 몸짓

그 뒤에는
준비하고 기다려 준
등대가 불 밝히고 있었다

이별, 삼각관계

이별 앞에 희망 꿈꾸는 천리안 눈 가진 이 있다
선택의 기로에서 막다른 골목길에 다다른 나

이별은 던지는 것
삶은 이어지는 것

뚝심 하나로 밀고 나가는 탱크가 힘이라는 당신
희망의 끈 허리에 동여매고 절망 속에서 희망을 건져
내는 당신
평생 모았던 유물을 정리하여 우리갤러리에 기부한 나
우리는 천상 트라이앵글 닮은 삼각관계다

줄 하나에 소주 두 병 매달아
인생신화 일으킨 탱크 우리갤러리 이종희 선생님
희망의 끈, 늘빛한글문자조형박물관장 심응섭 선생님
시인이라 불리는 이영월과 모두 닮은꼴이다

고통을 감내한 뒤 얻어진 삶의 지혜
어느 날, 연분으로

무에서 유를 창조하는 힘 모은 우리는

이별로 만난 삼각관계

갈퀴와 빗자루

든든하던 손이

든든하던 발이

가족을 지켜내던 손과 발이

큰 손 갈퀴가 되고

큰 발 빗자루 되었다

구름과 나

어렸을 적
나의 별명은 새 다리
그 별명이 싫어
땅고르기 하며 넘어지지 않으려
땅만 보고 걸었다

운동장이 솜이불처럼
푹신한 구름이라면
바톤 하나 받아들고 이어달리기
출발점 앞에서 당차게 뛸 수 있겠다

운동회 때 맨 꼴지도 모자라
그다음 팀과 들어서야 했던 패배의 맛
상으로 탄 공책을 자랑하던 벗들의 당당함
나는 늘 구석진 곳에서
소리도 못 내고 울기만 했었다
이것이 유년의 슬픈 자화상이다

신발 한 짝

걸어온 시간이
걸어갈 시간보다 길게 늘어선 밤
결심을 굳혔지만
두렵고 겁나는 건 어쩔 수 없나 보다

요양원에 있는 남편의 등 어루만져주며
사는 동안 후회 없이 보살펴 주리라 마음 먹는다

오십 년을 넘긴 헌 신부가
헌 신랑을 맞이하기 위해 방 꾸민다
잃어버린 신발 한 짝 찾아오기로 한다

당연한 것이라 맘 고쳐먹고
못다 나눈 사랑 안아 주려
집으로 당신 모셔오기로 한다

이렇게 기다리고 있는 나
비틀거리다 용기를 충전한다
당신이라면 뭐든 해낼 자신도 생긴다

기적이라는 것이 있다면
나를 뛰어넘을 초월이라는 선을 긋고 싶다
내 마지막 사선 같은 외줄을 타며
곡예라도 하고 싶다

알아챌 수 있는 것들

허허로운 들판
외발 허수아비가
내 모습 같아 위태롭다

600일의 고독과 반란
죄인처럼 겉돌아 새우잠 자던 꿈속
기대었던 늘 푸른 소나무 술래 되어
숨어버리고 헤맨 시간들이다

버팀목으로 서 있는 자리
지워버릴 수 있다면
지워버리고 싶은 흑백사진들

헛웃음으로 허공을 나는 새들이
나였으면 좋겠다 생각했다

기대고 의지했던 그 사람은
침대에 누워 일어설 줄 모르고
아기 발만 동동 구르는 조바심

하염없이 눈물만 흐른다

모두가 내 탓입니다
내가 죄인입니다
다시 제자리로 돌려놓겠습니다

힘 다하는 날까지
당신 곁에서
마지막 소원 빌며 함께하겠습니다

이제야 파란 하늘에 흰구름이 있었다는 걸
그 구름 둥신 떠다니고 있었다는 걸
알아챌 수 있겠다
알아챌 수 있겠다

입맛

통통 영근 밤
추석 선물이라며 보내왔다

요것 삶아 까먹으면
얼 만큼 맛있을까

서둘러 삶아냈다

한 입 베어 문 밤
겉 신사 속 비랭이

쥐 밤 맛이 아니다
옛 밤 토종 맛이 그립다

그나저나 이 나이에 어쩌자고
투정만 부리는 건가

구순 할미의 청춘

구름이 흘러가듯
세월이 흘러가듯
세상도 둥글둥글 흘러가누나

어느새 새우등 되어
어느새 절름발이 되어
아파야 죽는다며
구순 훌쩍 넘긴
울 엄니

아이의 눈빛과 또랑한 목소리는
나에게도 희망을 주고 있다

울 엄니는 아직도 청춘이다

월권越權

입을 닫는다
보고도 못 본 척
듣고도 안들은 척

늙었다고
기운 없다고
저무는 노을이라고

괄시 마시게
외면 마시게
머지않아 그 자리 앉게 될 걸세

선택, 돌아오는 길

요양원에서 집으로 돌아오는 길
희망의 나팔 소리
따따따 따따따
힘차게 울립니다

9월의 마지막 날 예약해 놓고
가깝고도 먼 길
돌아 돌아 맴돌아 돌아옵니다

당신이 그리던
나 또한 그리던
가족 품으로 돌아오네요

옛 그대로
당신 방 단장해 놓고
당신 모시러 요양원에 갑니다
나머지 삶 당신 위해 살으렵니다

여보! 사랑합니다

안목眼目

언어의 요술사
즉흥적으로 떠오르는 단어
뿌리부터 줄기 잎새까지
관찰하는 능력

창조적 아이디어와
매의 눈을 가진 통찰력
남다른 사고와 관심만이
글쓰기의 안목이다

지는 해

뜨는 해가 지고 있다

넘어갈 듯

넘어질 듯

미련 남아 머뭇거리고 있다

보물 마트

이름이 이름값 해냈다

쓸모없다 버려지면 쓰레기

버려지는 낡은 옛것들

귀히 바라보면 보물

쓰레기 되었다가

보물 되었다가

눈이 요술을 부린다

시의 게임

화가는 매의 눈으로 붓칠하고
가수는 신이 내린 목울대의 울림이고
시인은 영감으로 그려낸 언어의 그림이다

색만 다를 뿐
감각이 살아 숨 쉬는 것은 닮은꼴이다

시에게로 가서
마음대로 끌고 다니는 운전자가 되고 싶다

치고받으며 게임을 즐긴다면
씨름선수처럼 한 판 뒤집기로
승부를 가를 수 있지 않겠는가

시의 산통

눈은 떴어도 보이지 않는다

코가 있어도 냄새를 맡을 수 없다

깜깜 절벽이다

귀가 달려있음에도 도무지 들리지 않는다

나는 원한다

입맛 잃은 것처럼 입안이 소태고

헛배만 불리고 있다

시 바람 불어 넣어

시 옷 입고 날고 싶다

주상절리 柱狀節理

용암이 분출하여 활활 타오르는
그런 뜨거움이 있었으면 좋겠다

활활 타오르는 오름
오름은 자아 찾아가는 길

용암이 흐르는 대로 그려진 지도하나 들고
시어 줍는 꿈 이룰 수 있다면야

날마다 삼백육십 계단 오르고 올라
환한 디딤돌로 우뚝 서는 활화산 되고 싶다

깃털처럼 가볍다

홀홀 던져 버렸다
시금털털한 묵은지처럼
먹을 수도 버릴 수도 없었다

감옥에 갇혀야만 감옥이 아니다
자신을 몰아쳐 구석에 밀어 두고
몸부림쳐봐도 그저 그 자리

모든 일에는 순서가 있다
순리대로 살아야 한다기에
꼬리 감추기엔 긴 여정의 시간이었다

깃털처럼 가볍다
잃었던 웃음 지나간 추억으로
미래의 찬란한 꿈 꾸며

살아 있음에
다시 비상飛上 하리라

한판 뒤집기

美쳤다
미쳐서 새싹 틔울 수 있다면야
거미줄 친 지난 일 목메지 않으리라

美치지 않고는 매미처럼 그 자리 맴맴
손가락에 모터 달고 달린다면야
씨름선수처럼 한판 뒤집기로 살아볼 일이다

웃음도 종달새가 물어가고
입에 자갈 물린 것처럼
온통 아픔만 사랑한 탓일까

말도 되지 않는 말을 붙잡고
씨름판 선수로 뒤집어볼 일이다
미친 듯 미치지 못하는 다음 생을 위하여

용서를 구합니다

뒤통수가 부끄러워
괴로운 밤이었습니다
분간 없이 손을 댄 것 반성합니다
요놈의 손모가지가
남의 것을 훔쳤지 뭡니까

우리 어머니가
도둑질은
패가망신이라며
주려 굶어 죽을지언정
남의 물건 손대면 안 된다 하셨는데
그만 그걸 꺾고 말았습니다

한 그루 방풍나물 탐스럽게도
몽우리 피워 올린 모습 하도 기특해서
풍에 좋다는 소릴 들었겠다
앞뒤 가리지 않고
손이 덥석 가버린 것입니다

씨받이 종자인지도
모른 제가 죄인입니다
채 연한 나물로만 보이는
늙은이의 눈이 흐려서
모가지를 꺾은 것이 죄입니다

반성하고 용서를 빕니다
남의 것 넘보지 않는 신조로
살아온 세월에
밤잠을 설쳤습니다

도둑의 족적을 남긴 나는
박 어부에게 방풍이 되어
평생 풍 없이 활짝 웃는 꽃 피워
건강한 모습으로 보답하겠습니다

박 어부께서 죄를
사하시니 감사합니다
방풍나물이여
영원히 내 몸속에서
모든 바람의 풍을 막아주시옵소서

영월 일기

마약 성분의 약을 먹으며 병원 입원하였을 때마다 으레 느끼는 일이 있다 손가락 하나 까닥하지 못하면서 바닥에 깔려 있는 내 영혼의 밑바닥 그 속에 있는 나를 본다

코로나 1차 시한 넘기고 2차 신청하여 주사 맞으러 병원을 방문했다 보건소에서 특별관리 대상이라며 우울증 치료를 넘어 치매 검사로 1년 전에 불렀을 그때보다 심각하단다 의사 선생님의 권유로 다른 과의 선생님을 찾아가란다

1년 전 똑같은 일이 있었다 나만의 방법을 선택했다 약으로 먹는 것보다 심리상담과 미술치료 색칠하면서 스스로 이겨내고 달래보려 했던 것 마음의 문 열지 않다가 상담 선생님과 대화에서 안정을 찾아가고 미술치료로 겨우 살아갈 의미를 가지게 되었다

다 치유되었다 생각했는데, 다시 힘을 얻었다 생각했는데 아니다 나의 정신은 점점 혼미해져 갔다 고립되어

가고 있다 내 속에 빠져 허우적거리고 있다 지어온 약을 먹기로 했다 그 약을 먹은 뒤 나는 또 하나의 나를 발견했다 아이러니하게도 충격적인 일이 일어났다

애타게 매달렸다 취미라며 골똘히 詩 공부를 하였다 모든 시름 달래며 시 공부할 때면 희열이 밀려온다 시보다 수필이 잘 써지지만 짧은 언어의 조합으로 진국만 우려내는 걸쭉한 설렁탕 국물 같은 시 한 수를 지어내고 싶었다 다행히 시는 더 깊어져 갔다 모든 내 안의 것 잃어가는 시점에 속마음을 훑어내어 지금 기록하지 않으면 안 될 것 같아 생각나는 대로 쓰고 또 쓰며 끄적인다

오늘은 의사 선생님 처방 받아 의료보험공단에 서류 제출하는 날이다 청소도 제대로 하지 못해 요양보호사 서비스를 신청해야 한다. 서고 앉고 하는 것은 등급 받는 것에는 특별하게 도움이 되지 않는단다 땅바닥에 앉을 수 없는데, 그리고 수시로 잊어버려 가스 불 켜 놓고 끄지 않아 속 태우는 일이 빈번하고 대문 잠그는 것도 잊는다 길가에 사는 주택인데 홀로 있는 것이 너무 무섭다 연기가 집안에 뿌옇게 피어올라 119 불자동차가 왔다간 적도 있다 전자레인지가 작동이 멈추지 않아 연기가 온 집안을 뒤덮어 버린 적이 한두 번이 아니다

가만히 생각해보니 시를 포기하려던 나에게 다시 한 번 기회를 준 것 같다 내 사전에 포기가 없었다 내 시를 보시고 선생님은 "수십 년을 썼어도 시다운 시가 아니라 유행가 가사 같다"며 빵점을 주며 예전 것은 모두 버리라 했다 나는 내 분신을 버릴 수 없었다 그러다가 세 박스 묶어 화목 보일러 불쏘시개로 이종 오빠 댁에 보냈다 그 후 또 두 박스 째 정리 중이다 오빠는 추운 겨울 불쏘시개를 하면서 몇 권의 책을 읽었다 한다 펼쳐 세상에 내놓으려면 영혼을 끌어모아 집 산다는 말이 있듯이 나는 시를 사겠다 나머지 삶 이루지 못한 끝없는 도전으로 완성이 없는 도전의 길 뚜벅뚜벅 걸어갈 것이다 농사 지어 알곡만 추스르는 농부 마음과 같으리라

편지

- 이종희 관장님께

'우리갤러리'에 다녀온 후 두 분의 삶의 현장에서 보았던 수고에 머리가 숙여졌습니다. 따뜻한 정성 전통 차 대접을 받으면서 유리로 된 접견실 너머로 보이는 뒤편 가야산과 덕숭산 모두를 끌어안았고 끈과 끈을 이어주는 여유로움을 맛보았습니다.

반세기 넘도록 정성 다하여 수집한 작품들을 본 순간, 제가 소장하고 있는 작품들을 가문 있는 댁에 시집보내고 싶었습니다. 옛것이 좋아서 수집한 저의 눈과는 사뭇 다르겠지만 혹 한 귀퉁이 오가는 사람들의 눈길을 받을 수 있다면야 영광으로 생각할 것입니다. 제가 아끼는 것이라서 놓아야 할 때라는 것을 알았습니다. 그나마 정신이 조금 남아 있을 때 놓으려 합니다. 혹 받아 주신다면 기꺼이 내놓겠습니다.

부부의 꿀 떨어지는 현장의 견학이 곳곳에 배여 있는 드넓은 터전에 그림같이 살고 계시는 부부 이종희 관장님과 부인 오은화 여사님, 서로를 믿음으로 같은 취미로 이렇게 아름답게 노후를 수놓아 이어짐은 감동이었습니다. 한마디로 공사장에서 일하는 자신의 이름을 불러준 인연으로 부부가 되었다는 뚝심 있는 매의 눈, 그눈의 만남으로 멋진 인생을 수놓는 두 분은 이 세상에서 제일 행복한 부부입니다.

시간 나실 때 연락 주시고 오셔서 인연 맺기 바랍니다. 그리고 우리갤러리를 신바람으로 좋은 곳 있다며 안내해 주신 심웅섭 늘빛한글문자조형박물관장님께도 인사 올립니다. 저의 스승님이신 오영미 선생님께도 감사드립니다. 한 가지라도 안목을 키워주시느라 다방면으로 발전하기를 애써 주시는 선생님의 덕분에 노년의 길목에서 생수가 터져 나오는 기쁨을 얻었습니다. 좋은 분들 만나고 나니 살아갈 의미가 생깁니다. 사랑합니다.

2021. 9. 2.

이영월 올림

제3부

애기 똥 풀

배 아파 낳지도 않았는데
키우지도 않았는데
강아지 똥 풀이
멋쩍은 듯 나를 부른다

엄마이었다가
어미이었다가
할미가 되고

누룽지 같은 구수한 똥
주물러도 상큼한 귤 향기처럼
애기 똥 풀처럼 싼다면야

휘파람 소리

휘파람 소리가 흘러나오는듯한

후미진 골목길

그 깊은 고랑으로 더듬어 들어가고 싶어

누군가는 휘파람을 불고

휘파람 소리에 끌려나가듯

그런 날 있다면야 서슴치 아니하고

그님 만나러 갈 거야

두더지처럼 움츠러든 어깨 쭉 펴고

그 님 보러 가야지

벚꽃 추억

아파야 이별한다며
잔치 날 기다리듯
담담하던 어머니

토론토 센터니얼 공원
벚꽃 활짝 핀 공원에서
천진한 소녀 닮은 웃음

까마득한 날
학교운동장 그 옛날
아버지 어머니 손 잡고
벚꽃 잔치 찬란한 밤이었지

우렁우렁 젊은 날
자고새고 예까지
되살아난 별
십일 남매 비추이고 있네

망각

그 이름도 잊었다
온화한 얼굴로 다가와
툭툭 건드려도
도무지 떠오르지 않는다

물건 이름도 잊었다
서툰 발음으로
못 알아차린다고 바보라 한다
쉬어 가란다 고희古稀와 산수傘壽는
삐에로처럼 웃어도 울음으로 산다

오월의 하루

오월 푸르름은
천년이 흐르고
만년이 가도
오늘이 내일이고
내일이 오늘이어라

오늘만 같아라
연둣빛 사랑이여
쪽빛 스승이여
지금만 같아라

인생은 덧없이
꽃잎처럼 시든다만
하늘이 주는 대로
수수만년 그대로
오월 닮은 하루이고 싶어라

상처

무심코 던진 말

비난은 비수로 꽂혀

가슴에 못 박힌다

사람을 살리기도 하고

사람을 죽이기도 하는 말

말, 말,

부메랑 되어 돌아가는 물레방아

귓속말

쉿, 비밀이야

귀 좀 빌려줘

말이 발 달려 걸어갔다

한 걸음

또 한 걸음

일파만파 거품 되어 쌓였다

내 사랑 당신

콩깍지로 눈이 멀었어요
하늘처럼 우러르고 좋아해서
맺어진 인연의 끈
목숨 다하는 날까지
그대만 바라보겠어요

너무 길어요
새날이 오리라는 기대는 희망뿐
사랑이 다시 올순 없나요
손잡고 걷다가 스킨쉽도 하구요
조잘조잘 응석도 부리고 싶어요

그대 품 안에 안기고 싶고요
딱 한 번만 사랑한다는 그 말 듣고 싶어요
옛날 당신 어디 갔나요
내 사랑 당신 내 곁에 없네요

방문 앞에서

왜 이리도 조용하오
두 귀 쫑긋 세우고
방울 울림소리 들으려
졸다 책 뒤적이다
지난밤 오늘 밤도
허옇게 새웠다오

미동도 없이 흔적도 없이
소리 소문도 없이
하늬바람 따라
날아간 님이시여
야속한 님이시여
그리운 님이시여

당신의 방문 앞에서 멍하니 서 있습니다

내 짝

막연히 떠밀려서
등지고 떠나버린 님
새 둥지 보금자리
낯설고 물설어라

이곳은 아니라며
울부짖는 애원에
애간장 녹아내린
슬디 슬픈 날들이여

한밤 두 밤 자고새고
한 달 지나 두 달 접어들어
착각일까 변화일까
돋보기 바둑책 찾네

착각 속에 내 집으로
길들여진 내 짝
둘도 아닌 단 한 사람
세상에 오직 한 사람

오래된 사진관

우리 집이 사진관이었다

아버지와 어머니의 밀실

훤한 대낮 암실에 들어가

캄캄한 사랑 나누던 밀회 장소

조근조근 밖으로

새어 나오는 사랑 이야기

대낮도 밤 만들어 내는

사랑방이었다

나의 스승님

스승님 손끝에는 눈이 달렸나 보다

손끝이 생각하고
손가락이 시를 쓰고
손에 눈까지 달렸나 보다

눈 깜짝할 새
송편처럼 한 접시 빚어내다니
얼마나 부단한 연습의 탄생인가

귀도 달렸나 보다
코도 달렸나 보다
입도 달렸나 보다

눈과 귀
코와 입 한 몸 되어
알에서 깨어난 병아리처럼 늘 새롭다

허수아비

홀로 외롭다
바람 따라
이리 쓸려 바로 서고
저리 쓸려 일어서는
오뚝이 같은 삶

옷 한 벌 얻어 입고
햇빛 가림막 눌러쓴 모자
비바람 태풍
호되게 내리쳐도
모진 수모 인내한 허수아비

뚝심 하나로 홀로 외로이
엄동설한 눈꽃으로 피워낸
생명 없는 무생물의 반란
생명 있는 우리네와 꼭 닮았다

찰나刹那

불꽃이 타다닥 튄다
순간 반짝 스쳐 가는 불
그만 놓치고 말았다

운전 중이다
길모퉁이로 물러나
끄적여야 했는데

깜깜한 머리
도통 읽혀지지 않는다
그런 때가 있다

소중한 보물을 잃었다
한 번 지나가면
다시 받을 수 없는 선물

운전 중 그님이 찾아왔다
신호등 빨간 불 앞에서

한 단어 뭉뚱그린 발 빠른 대처
시 한 편 낚시코에 꿰어 낚아 올렸다

혼魂

활활 장작불 지펴라

돌탑 쌓아라

나만의 길

앞만 보고 간다

뒤돌아보지 마라

삶이 예술이고

삶이 그림이며

시가 노래이다

산전수전 겪고 나니

온 세상 보이는 것마다 새롭다

마음의 눈이 밝아진다

새롭게 다가온다

당부

주눅 들지 마라
아파하지 마라
내게 닥쳐온 현실이라면
박차고 나오거라

어둠 속에
밝은 빛 있다는 걸
잊지 말아라

뚜벅뚜벅 걸어 나오거라

알이 꽉 찬 꽃게

내가 만약 누구라면 내 맘 한 바가지 담아 자랑질 입
거품 피우리

자랑할 것 없는 나 헛손질에 헛것 본채로 더디고 몰라
서라고 답처럼 읊어 댔었지

나 보호하고 살아가기도 버거웠고 한 가지 일 있다면
밥이 똥 될 때까지 둥글리고 굴려 배설할 때까지 그곳에
빠져 하늘만 쳐다보았어

고립된 세상 썩은 웅덩이 속 탈출은 혼자 힘으로 부족
했어

누군가 도움이 필요했어 딱 한 가지 품었던 별 하나
내 목숨과 바꿀 수 없었어

누구처럼 내 마음 한 바가지 고봉으로 퍼 입에 거품
내는 날 있으려나

알 꽉 찬 꽃게는 아직도 묵직한 채 그대로

쭉정이 또한 역시 침묵만 지킬 뿐 알 품을 때까지 기다
리는 수밖에

사람은 누구에게나 색이 있다

별똥별 하나 떨어졌다

점 하나에 불과하다

넓은 대지 위 던져졌다

내가 오로라였다

석양이 물들 때면

푸른 잎새가 계절을 알린다
돌이켜보니 젊은 날 잘 살았다기보다는
열심히 살았다고는 말할 수 있다
때를 알고 준비하는 삶을 살아야겠다

일상이 도전이니 보물 찾 듯 눈 둥글렸다
고독의 긴 인내 기다림의 징검다리 건너
놓쳐버린 청소년기 반듯하게 펴 놓았으니
내 생전 도전의 기회도 거침없이 맛보았다

노년은 추억 찾아 여행하는 장마당이다
사람 중심 자연 그리고 내 강아지 봄이와 순이
우주 공간 속 점 하나인 나
눈빛 언어 소통하고 정 나누며
석양에 노을 지면 붉게 물들이고 싶다

소확행

옷 한 벌이면 족하오

모자도 씌워 주시구려

비바람 천둥 번개

모진 수모 다 겪어도

늘 그 자리에 서서

날 지켜주는 허수아비 사랑

습관

몸에 밴 습관

진드기보다 더 무섭다

아메리카노로 달래도

꿀단지 들이대도

고쳐지지 않는 전생 같은 버릇들

개과천선이 따로 있나

항아리 속에 짚 풀 태워 소독하듯

나를 태워야겠다

길들이다

하얀 눈이라 부를 거야
새 발자국 찍어 널 찾아 가겠어
새롭게 주먹 쥐고
새처럼 꽃처럼
새롭게 태어나는 거야

헌 것에 길들여져 놓치면
낭떠러지로 떨어질 것만 같아
움켜쥐고 있었지
여기까지야

구속이 행복인 줄 알았어
태어날 때 울고 태어났듯이
자유 찾아 자유인 되어
난 미리 울어버리겠어

현실에 적응하며 살기를
긴 시간 공 들였지
조금 남아 있는 힘
깜냥대로 살 테야

제 **4** 부

기다리면 기다리는 대로

가겠지 가고 말고

오겠지 오고 말고

담장의 나팔꽃처럼

희망의 나팔 소리 들려오겠지

나의 유일한 독자

책상 앞 봄이*와 나란히 앉아있다
나는 시를 쓰고
초고를 통해 마름질까지
실타래 감듯 시간이 길었다

원고가 완성되면
봄이 앞에서 주름 잡는다
수화로 가슴 치며 봄에게 말한다
'할머니는 시인 이영월이고요'

짧은 단어
봄이와 시인 이영월이라고 소개하는 대목은
잘 알아듣고 귀를 쫑긋 세운다
그 뒤꼬리를 엉덩이에 딱 붙이고
다 듣지 않아 미안한 것은 안다는 듯
폴짝 뛰어내려 새색시 걷듯
살금살금 기어나간다

봄이는 나의 유일한 독자
언제면 할머니 시를 몽땅 들어 주려나?

* 봄이 애완견

도전은 늙지 않는다

하루를 살지언정
촘촘하게 명랑하게 꿈을 키워야한다
도전은 힘이다 목표가 있다면야
칠십이고 팔십세도 딱 좋은 나이이다

포기란 없다
밥 먹듯이 꾸준히 가는거다
굼벵이처럼 느리지만 앞만 보고 간다
도전은 가보지 않은 등산로이다

혼신의 힘 끌어내어
등산길에 앞서가는 사람
발뒤꿈치만 바라보며
한 계단 한 계단 밟아 흔적 남기는 일이다

한 장의 낙엽 되어 떨어지는 날까지
마음만은 젊은 그대들과 살아가고 싶다
뒷방 늙은이로 뒤처지고 싶지 않은 까닭이다

눈과 발로 쓰는 시

시에 눈 달려있다

눈에 들어오는 것 시로 표현할 수 있으니 말이다

시에 발 달려있다

발이 가는 대로 길 만들어 가니 말이다

생각지도 않았던 보물찾기 찾아내듯

발길 따라 시가 다리를 놓아가니

시는 천지를 누비고 다니는

눈과 발로 뛰어다니는

숨은 그림 찾는 감각의 언어이다

디딤돌

나를 밟고 일어서거라

나를 딛고 일어서거라

내가 너의 디딤돌이 되어 주리니

맘껏 밟고 딛고

꿋꿋하게 일어 서거라

한 발걸음이 되어라

날이면 날마다

헌 것 버리듯
아픈 것은 버리세요

자고 나면 새 아침이 오듯
지나간 것은 다시 돌아오지 않아요

보이나요
깊은 골 넘어 지나서야 보이네요

날이면 날마다
새록새록 피어나는 꿈
꿈을 심어 하얀 웃음꽃
윤슬처럼 울음 꽃
한 단계 성숙해 가고 싶어요

돈 주고 살 수 없어요

인생살이 단내나던 끈 놓아주고

신선되어 살아난 곳

산전수전 땡고추보다 더 매웠지

돈 주고도 사지 못하는

자연, 바람, 공기, 물, 숲

산골 깊은 마트에 가을이 오면

싸리 빗자루 사러 가야겠다

무짠지

어머님 차려내던 밥 먹고 싶다
땀내 같은 짭조름한 무짠지
콧등에 땀 송글송글 맺혔지

나박나박 썰어
아삭아삭 속삭이며 먹던
어머니 땀방울이 먹고 싶다

짜면 물 한 종재기
식초로 상큼한 맛
짭조름한 싱건지

엄니 땀 같은 어머니를 먹는다

할머니 맛 좀 보세요

봄이가 화났다

알아듣지 못하는 말 남긴 채

급히 외출하느라 늘 마지막 말

'빨리 올게' 말하고 문을 쾅 닫았다

돌아와 보니

주방 싱크대 앞에다

'할머니 맛 좀 보세요'

오줌을 질퍽하게 싸 놓았다

말 못 하는 짐승도 감정은 사람과 닮았다

혼 한 번 낸 뒤

미안하다며 쓰담쓰담 머리 쓸어 주었다

늘 푸른 언덕

바라만 보아도
희망이 불끈불끈 솟아나는
늘 푸른 언덕이고 싶다

유행가 노래처럼
쿵짝이 척척 맞아
부부이면서 동업자

천생연분 짝이었나
앞서거니 뒤서거니
늘 푸른 언덕처럼 살고 싶다

두 달 후에

깨질 듯 파란 하늘 닮은
투명한 유리창을 사이에 두고
두 달 후면 떠날지 모르는 당신
떼를 써봅니다
살아생전 하지 못한 말
"사랑해요"

당신도 나에게 한 번만
큰맘 먹고 해보세요
그 말 해주면 안 되나요?
벙긋거리는 입 모양이 말해주네요
"사랑해"

마른 잎 새 부서질 듯
가벼운 당신의 마음
바스락거리지 못하게
두 달 후에도 듣고 싶은 말
'사랑해' 한마디 뿐 입니다

하늘 마중

등창 난 곪음이 터질 듯
무덥던 7월을 보내고
파릇한 잎 새 바람에 우표 되어
편지를 붙이고픈 8월입니다

연정의 엽서 위에
우표를 붙이는 일
누워있는 당신에게 라고 써 봐도
벌떡 일어서질 못합니다

여보, 나 이제 두 달 후면 못 볼지도 몰라요
당신 있는 곳으로 데려가 줘
편지처럼 떠돌다 도착한 사연
남은 시간 당신 곁에 있다 가고 싶다고 말하는 당신

나는 차마 부치지 못한 편지를 들고
당신 뼈마디에 꽂아 줍니다
우리 아픈 이생에서의 이별
조금만 더 참아 보기로 해요

목구멍

심장은 울어도
목구멍은 살아 있다

두 끼 거른 내 손안
어느 사이 옥수수자루 들고
염소가 풀 뜯어 먹듯
우적우적 넘기고 있었다

목구멍이 포도청이다

날 데려가주오

포근하니까
따뜻하니까
서러우니까
외로우니까
이런 날이면
울 엄니 그리워진다

헛헛하여 헛기침 난다
배곯은 하이애나처럼
날 짐승 되어 간다
타들어 가는 목젓 적셔다오

숨구멍 터주오
물 물 좀 주오

죽도록 죽어 봐야
생각나는 벼랑 끝 사랑
매달린 듯 떨어질 듯

잡아야 할 순간
장작불 같은 아랫목 사랑

본향으로 돌아갈 내 어머니 품이여

다시 태어난다면

아픈 사랑
못다 한 사랑
소통하지 못한 사랑

나 다시 태어난다면
당신 신부로 살고 싶어요

누이 같은 사랑
어머니 품 같은 사랑
당신이 원했던
그 사랑 몽땅 드리겠어요

밥 안 먹고 서라도
나이를 먹을 수 있다면
잠 안 자고서라도
나이를 먹을 수 있다면야
당신이 원하던 누이 사랑
드릴 수 있었을 텐데

귀 좀 빌려주세요
미안합니다
사랑합니다
강물 터지듯 말문이 터졌어요
철부지 아내를 자식 키우듯 살아 준 세월
고맙고요 행복합니다

부부의 끈

끊어졌다 붙었다
끈에 딱 풀이 달려있나 보다

젊은 시절 소통 안 될 때
아이를 들쳐 업고 무작정 버스를 타고
후미진 뒤 칸 창문 옆에 앉았다

종점이 어느 동네인지도 모르는
미지의 세계 찾아가는 중이다
묵직한 덩어리 굴리고 굴려 종점에 내려놓고 온다

참 멋진 사람을 만났다
나 자신만을 지키는 수호신이 가슴에 박힌 사람
외로울 때면 소통이 어려울 때면
슬그머니 나와 도서관으로 가는 멋진 할머니

도서관 문이 닫히는 줄도 모른 채
책과의 소통으로 풀어내는 수수께끼 같은 사람
그런 사람이 당진에 살고 있다

정처 없이 헤맸던 나의 과거
씽씽 달리며 보았던 변화무쌍한 필름 속 거리
바람난 수컷처럼 아이 업고 장돌뱅이처럼
떠돌던 암컷이 나였다

쉽고도 어려운 말

한 번도 받아보지 못했던 사랑이라는 쑥스런 말
남편이 내게 한마디만 해 준다면
그 말이 왜 그렇게 듣고 싶었는지요

요양원에 면회가 허락되어
창살 없는 창문으로 수척해진 그이를 보는 순간
내가 먼저 '여보 사랑해요' 고백했습니다
흐릿한 눈동자 서로의 눈에 눈물이 고였습니다

단 한 번만이라도 사랑한다는 말
당신도 내게 해 줄 수 없냐고 주문했습니다
'사랑해 나도' 사랑의 화살이
가슴팍 한가운데 꽂혔습니다

속속 깊이 묻어두고 아꼈던
세월의 무게만큼 울림이 왔습니다
평생 해보지 않았고 듣지도 못했던 말
남편의 아내로서 세상에 이런 일이
결혼 반세기 넘어 처음 획득한 금메달입니다

노송 한 그루

머 언 길 걸어온 당신
인고의 뒤 안 길 뒤 돌아봅니다
덕지덕지 굳은살
거북이 등껍질처럼 단단해졌습니다

당신 피붙이
큰아들 조정훈
작은아들 조지훈
당신 아내 이영월

월요일
당신 만나러 갑니다

때時

시도 때도 없이 무한정 주어진 시간
유통기한 없기에 맘껏 부렸습니다
하루 살아내느라
하루 위해
공전과 자전 속 둥글어 갔습니다

그 많은 숱한 날들
밤과 낮 지고 새고
새고 지고 나니
종착역에 다다랐습니다

하루를 연연하지 않겠습니다
콩 튀듯 살아온 젊은 날의 자화상
옛것을 꺼내 뒤돌아보며 천천히 걷겠습니다

바람에 실려 온 자유
자유를 얻으니 여유를 얻었습니다
추억 속 한 자리 시간을 늘리겠습니다

척

잘난 척
아는 척
고상한 척
모르는 것이 많을수록
척하고 싶었습니다

옥처럼 다듬어진 돌이고 싶습니다
고상한 척이 아닌
고상한 노후를 보내고 싶습니다

인생의 밭
콩 심은 곳 팥이 나는 억지는 부리지 않겠습니다
팥 심은 곳 콩 나는 억지도 부리지 않겠습니다

이생은 모두가 이별이어라

별하와도 이별
공간과도 이별
살림과도 이별
목숨 달린 6년 차 봄이 와도 이별
첫 번째로 봄이 와의 이별을 택했다

갑자기 불어 닥칠지 모르는 불길한 예감
늪 속으로 깊이 빠져들고 있었다

이삿짐을 챙겨 내놓기 시작했다
집 두 채 장난감 한 보따리
안고 다니는 가방. 업고 다니는 가방
손 톱 가위. 이발기. 털 고르는 빗
샴푸. 방석. 이불 등

독하게 마음먹어야 헤어질 수 있다며
입 앙다물고 아무렇지도 않은 듯 내 놓았다
내일 온다던 입양자
하루 이틀 지나도 오지 않았다

몇 날이 지난 후
강아지가 3마리라서 어려울 것 같다고 말했다
싸 놓았던 짐 제자리 풀어 놓았다
그리고 나서 봄이를 안고 눈물을 흘리며
잘못했다며 머리 쓸어 주며 사과했다
자기 물건이 쌓여 있는 것을 보며 불안해했다
꼬리 엉덩이에 붙이고 있는 듯 없는 듯 나를 바라보았다
그 눈빛을 내 어찌 잊을 수 있을까
상처 주었던 사람의 몫 지키느라
봄이 앞에서 쩔쩔맨다

남편 요양원으로 간 후 우울증에
내 몸 챙기기도 버거웠던 어느 날에

부치치 못한 편지

여보!

하고 싶은 말이 많아도 다하지 못함을 지면 통해 전합니다.

내게 의지하여 지나온 16년의 세월, 할 수 있을 만큼 최선을 다하였으나 역부족이었습니다.

내 몸 상태가 당신 떠난 후 최악입니다. 이젠 나도 당신이 있는 수린목으로 갈 날이 점점 다가오고 있어요.

정신도 혼미해지고 의욕도 잃었습니다. 당신의 기분에 울고 웃는 가련한 여인이 되었습니다. 내 몸인데도 불구하고 몸을 마음대로 움직일 수 없음을 인정해 주십시오. 게다가 나도 고령이 되었습니다.

두 무릎 인공관절 수술과 또 한 번의 교통사고로 한쪽 무릎 수술로 8개월간 서울아산병원과 서산중앙병원을 오가며 지냈던 일을 잊으셨나요. 개복수술로 담낭에 혹을 떼어내고 내 몸이 만신창이가 되어 이제는 당신 보내고 허탈한 마음으로 우울증에 걸려 정신신경과도 다닙니다.

내가 보살피지 못하는 당신의 뒷바라지를 수린목 요양원에서 책임지고 케어하는 것이 정말 얼마나 고마운

지 모릅니다. 깨끗한 몸 관리, 옛날의 당신 모습이 보여
행복합니다.

　부부가 함께 지낼 수 있는 요양원, 나도 당신 곁으로
가렵니다. 당신 집이 이동하였을 뿐, 모두가 병들고 늙
으면 의지 할수 밖에 없는 인생의 두 번째 집입니다. 이
만 두서없이 글 남깁니다.

2020. 6. 3.

당신의 아내 **이영월** 올림

여보!
정말 미안해요
코로나 19로 인하여
서로가 만날 수 없는
강을 건너야 하다니

꿈이 있습니다
면회가 되는 날
한걸음에 달려가
당신의 품에 안기고 싶습니다

그리고
당신을 안아주고 싶습니다
손도 꼭 잡고 싶습니다
얼굴도 부비고 싶습니다

당신이 원하는
당신의 글도 받아적겠습니다
얼굴 보지 않아도
함께 있지 않아도
당신 아내가 있다는 것을
잊지 말아 주어요
사랑합니다

2020. 6. 23.

당신의 아내 이영월 드립니다

이영월 시인의
<베옷 한 벌> 출간에 부쳐

무엇이 우리에게 소중한 것인가?

심응섭(시인, 순천향대학교 명예교수)

무엇이 우리에게 소중한 것인가?
- 이영월 시인의 <베옷 한 벌> 출간에 부쳐

심응섭

당신은 늘 봄날에 있다

낙엽 진 들녘, 동절
칼바람 불어도 당신은
따뜻한 봄날에 있다

안 보이는 것 같게도
내 속에 주목 된 자리
그 인고의 세월 목
하얀 찔레꽃이 된
지금

하늘과 땅 사이
님이 가시는 길
베옷 한 벌
마른 슬픔 여민
찔레꽃 향기!

(나의 졸시)

칸트는 인간의 인식을 "신이 넣어준 진리의 씨앗"이라고 했고, 하이데거는 "인간만이 존재를 이해하고 담보하는 존재"로 보았다. 필자는 이러한 인식론과 존재적 원리를 토대로 동 시대를 살아가는 한 여인의 궤적을 통하여 존재적 가치를 소개하고자 한다.

역사적으로 르네상스 예술가들은 중세의 전통적 형식에서 벗어나 자유로운 개성, 경험적 사실에 의존해 작품을 생산했다.

73세의 시인 이영월 여사는 그의 삶의 과정 역시 문학적 핵심은 인간의 존엄성에 바탕을 둔 실존 체험에서 도출된 사례들이다. 60세에 중고등학교 검정고시를 거쳐 65세에 한국방송통신대학 문화교양학과를 졸업했다.

그 시대 굶주렸던 향학의 갈증이 한꺼번에 꿈이 이루어지는 희열의 일상을 얻게 되는 과정이었다. 그러나 교통사고와 무릎 관절 수술 등 고난의 행군을 하면서 힘겨움이 그를 괴롭혔고 설상가상으로 부군의 뇌출혈로 10여 년이 넘도록 병마와 싸우는 동안 간병으로 인한 우울증 치매까지 감내하는 시련의 환경에서도 글을 쓰기 시작한 것이다.

그는 2권의 시집과 자전에세이집을 출간했을 뿐만 아니라 몇몇 문예지에 등단까지 하였다. 이 시인은 맹목이 아닌 희망과 인고의 여정 속에 문학에 중심을 세우고 모든 걸 글쓰기로 일관해 왔다고 볼 수 있다.

그의 학습은 존경스럽게 치열했으며 내면에 잠긴 슬

픔과 고단함도 품어 녹이는 열정으로 그를 잘 아는 지인들에게 놀라운 기적을 보여주고 있다는 생각이 들었다.

사람의 관계성이란 우연히 만난다고 해도 관심을 가지고 공을 들여야 필연이 될 수 있는 것이고, 자주 만나 교감을 나눌 수 있을 때 진실을 알 수 있다고 본다. 이 시인과 나는 흙빛문학 동인으로 인연이 되었다. 필자가 운영하고 있는 한글문자조형박물관에 한두 번 다녀 간적이 있었지만 특별히 관심이 없었기에 근황을 모르고 지냈다.

그 후 코로나가 기승을 부리는 시기가 되어 서산시인협회를 이끌고 있는 오영미 회장의 초대로 다시 만나게 되었다. 그 자리엔 박상덕, 천윤식 시인 등과 시론에 대한 공부를 함께하고 있었다.

그의 첫 시집 <매화꽃 필 때>와 두 번째 시집 <하늘길 열리면 눈물의 방>, 그리고 자전에세이집 <노을에 비친 윤슬>을 받아 읽게 되었다. 73세의 늦은 나이 인고의 시련을 감내하면서 문학에 대한 도전이 만들어 준 역서임을 느낄 수 있었다. 한마디로 요약하면 이영월 시인의 삶 자체가 시의 세계요, 문학인 것이다.

얼마 전 필자는 덕산에서 한티 고개로 넘어가는 천주교 성지 순례길 중턱 길섶에 자리 잡고 있는 <우리 갤러리>에 안내한 적이 있다. 이곳은 이종희 오은화 부부가 젊은 날 노점상을 하며 수집해온 도자기, 토기, 민속품 등 골동품과 일제강점기 독립운동 역사적 자료 등을 전시해 놓은 공간이다.

이영월 시인도 30대에 제주도에서 음식점을 하며 모아 두었던 소장품이 있는데 조건 없이 이곳에 시집을 보내어 사돈을 맺고 싶다는 제안을 한 것이다. 우리는 날을 잡아 대산 읍내 이여사댁을 방문하게 되었다.

나는 다시 거기서 놀라운 일을 목격하게 되었다. 책상 위에 여러권의 사경으로 만든 기록서가 쌓여 있었고 이종희 관장으로부터 받은 <1000냥 인생 신화>가 서전을 펼쳐놓고는 무수의 시심을 쏟아내고 있었다.

잠시도 헛되이 보낼 수 없는 천사 같은 그의 심성은 오랜 기간 요양병원에서 투병 중인 부군을 집으로 모셔오려고 준비 중에 있었다. 그런데 이게 웬일인가! 모셔 온 후 그의 정성어린 간절한 소망의 사부곡을 뒤로 한 채 하늘의 초청을 받아 소천하셨다는 부음을 받은 것이다.

사람의 일은 아무도 예측할 수 없다. 오늘이 스스로 소일할 수 있는 최고의 날임을 고마워하면서 지낼 수 있다면 그것이 행복일 것이다.

"내가 가는 길을 그가 아시나니 그가 단련하신 후에는 정금*같이 되어 나오리라"는 성서한 구절과 그의 시 <면회 가는 날>을 소개하며 곧 출간되는 <베옷 한 벌> 시집에 대한 축하 글로 마무리 하고자 한다.

면회가는 날

여보 저예요
49년생 이영월 이예요
나를 알아보지 못하네요
나를 기억하지 못하네요

당신의 아내 이영월 이예요
큰아들 조정훈의 어머니
작은 아들 조지훈의 어머니예요
당신의 이름은 조용엽 이고요
나는 조용엽의 아내이고요

당신의 아내는 시인 이예요
시집 '매화꽃 필 때'와
자전에세이집 '노을에 비친 윤슬'도 있잖아요?
늘 당신 곁에 이영월이 있습니다

나를 잊지 말아주세요
나를 꼭 안아주세요
오늘은 즐거운 날,
당신 피붙이 가족이 면회 오는 날
가족사진 놓고 갑니다

* 다른 물질이 섞이지 않은 순수한 금

희망이 발 달고
저 만치 걸어 왔다
꺼어질듯 실처럼
질긴 운명의 뒤뜰
꺼져가는 등불처럼
흔들리는 몸짓

그 뒤에는 준비하고
기다려준 등대가
불 밝히고 있었다.

이영월 시인 짓고
혜범 심응섭 쓰다.

달력

이 상 자

넌 지난달을 사등분으로 접어
시를 쓰고
난 지난달을 이등분으로 접어
프라이팬 덮개로 쓴다

시에선 사는 냄새가
통통 튀어 오르고
프라이팬 덮개에선 생선 냄새가
스멀스멀 기어오른다

넌 사등분에 쓴 시를
하얀 노트에 옮겨 담고
난 이등분 덮개 열고
하얀 접시에 생선을 옮겨 담는다

베옷 한 벌

베옷 한 벌